MW00476887

Willy Ronis

Ce jour-là

Mercure de France

Cet ouvrage a été précédemment publié dans la collection « Traits et portraits », dirigée par Colette Fellous, au Mercure de France.

Photographe français né en 1910, Willy Ronis débute sa longue carrière dans les années 1920 en arpentant les rues de Paris son appareil à la main. En 1937, il décide d'être photographe-reporter-illustrateur indépendant, et de reportage en reportage couvre presque tout le XXᵉ siècle : manifestations ouvrières de 1934, grèves chez Citroën-Javel de 1938, retour des prisonniers de la Seconde Guerre mondiale, célèbre portrait du « Mineur silicosé » en 1951, etc.

Il obtient la médaille d'or à la Biennale de Venise en 1957, reçoit le grand prix national des Arts et des Lettres pour *La Photographie* en 1979, puis le prix Nadar pour son album *Sur le fil du hasard*.

Membre de la Royal Photographic Society of Great Britain depuis 1993, officier dans l'ordre du Mérite en 1995 et officier de la Légion d'honneur en 2008, ses œuvres font l'objet de nombreuses expositions et rétrospectives en France et l'étranger, organisées par l'agence Rapho, dont il est membre depuis 1946, et par la direction du Patrimoine. Willy Ronis est mort le 11 septembre 2009.

Chez Maxe, Joinville, 1947

Ce jour-là, j'étais debout sur une chaise. J'étais allé à Joinville pour un reportage sur les guinguettes que m'avait demandé *Le Figaro* qui éditait alors tous les trimestres un bel album sur papier couché, avec des textes d'artistes, d'écrivains, de poètes.

C'était en 1947, un dimanche après-midi. J'aimais en particulier l'ambiance de ces guinguettes, j'y venais régulièrement. Chez Maxe, c'était le nom de celle-ci, curieusement écrit avec un « e », et dès que je suis entré j'ai vu un groupe de danseurs vers le fond, que j'ai eu envie de photographier. Tout de suite. Mais il me fallait chercher un point de vue, je ne pouvais pas aller directement sur la piste car la photo aurait été prise de trop près, il me fallait trouver un endroit qui me ferait dominer l'ensemble de la danse. C'est ce mouvement général de la salle et de la danse qui m'attirait. Et que je voulais saisir. Alors, j'ai grimpé sur une chaise, juste derrière ce couple qui est là, devant, de dos. Ce sera mon premier plan, j'ai pensé. Mais une fois sur la chaise, mon attention a été attirée vers un garçon qui faisait danser deux filles, très librement, très élégamment, sur la droite. C'est mon sujet, je me suis dit. Je le sens tout de suite quand je trouve mon sujet. Alors, j'ai fait signe au danseur pour qu'il se rapproche. Lui aussi m'avait remarqué, il m'a compris aussitôt et, tout en dansant avec les deux filles, il s'est avancé vers moi : c'est alors que j'ai fait ma photo. Il dansait comme un dieu. Et d'ailleurs, pour faire danser deux filles comme ça, il fallait qu'il ait vraiment du talent. Mais quand la musique s'est arrêtée et qu'il a repris sa place, je me suis aperçu qu'il avait un pied bot. J'étais stupéfait. C'était tout à fait invisible quand il dansait.

Le moment où je choisis de prendre une photo est très difficile à définir. C'est très complexe. Parfois, les choses me sont offertes, avec grâce. C'est ce que j'appelle le moment juste. Je sais bien que si j'attends, ce sera perdu, enfui. J'aime cette précision de l'instant. D'autres fois, j'aide le destin.

Par exemple, ici, je sais que le premier couple ne s'est rendu compte de rien, mais pour avoir cette photo précise, je les ai vraiment appelés, mes danseurs.

L'histoire ne s'arrête pas là. Il y a trois ans, j'ai reçu une lettre de la danseuse qui est sur la droite. Elle me disait qu'elle voyait cette photo de temps en temps dans la presse et qu'elle tenait à me dire combien elle était touchée par tout ce qu'elle représentait. Sa jeunesse, l'ambiance de ces guinguettes, et bien sûr la jeune fille qui dansait sur la gauche qui était une copine d'enfance : depuis la maternelle, précisait-elle. Mais le garçon, non, elles ne l'avaient plus jamais revu. Elles n'avaient dansé que cette fois-là avec lui.

Noël 1952, Fascination

Ce jour-là reste un jour très tendre pour moi. C'était la semaine de Noël, avec l'émerveillement devant les vitrines, l'air vif de l'hiver, les guirlandes d'or dans la nuit. J'ai toujours aimé me mêler à cette effervescence, près des grands magasins, on peut surprendre des scènes si attachantes, si secrètes, on est au cœur des désirs intimes, des silences intérieurs. Cette scène par exemple. On a une maman, avec ses deux filles, qui sont hypnotisées par tout ce qui se passe, on croirait qu'elles sont à l'intérieur d'un rêve, on imagine ce qui est mis en scène dans les vitrines, tous ces jouets animés, ces petits théâtres de bois, ces ménageries de peluche, ces farandoles de poupées, ces circuits de trains électriques, avec les feux qui clignotent. Cette odeur d'enfance.

13

En voyant ces trois visages, j'ai pensé à des visages de Rembrandt, sous ce clair-obscur qui les protège et les illumine en même temps. Ils sont vraiment isolés de la rue. Je n'ai rien changé à la lumière, tout avait ce ton noir autour. Il ne se passait à peu près rien, c'était sur le boulevard Haussmann et les rues étaient très peu éclairées. Je ne me suis servi que de l'éclairage des vitrines, assez violent, qui se reflétait sur le visage de tous les passants quand ils s'approchaient des vitrines. J'ai fait beaucoup de photographies autour des grands magasins, mais celle-là est celle qui me plaît le plus. J'aime cet éclairage qui donne une certaine noblesse à la scène quotidienne, une certaine magie.

Place Vendôme, 1947

Ce jour-là, je m'apprêtais à prendre le métro aux Tuileries pour rentrer chez moi. C'était une fin de matinée, sur la place Vendôme. Tout à coup, je ne sais pas pourquoi, je baisse la tête et je remarque une flaque d'eau. Je me penche encore et en la regardant bien attentivement, je vois qu'un trésor se cache dans cette flaque, la colonne Vendôme s'y reflète, j'ai bien sûr tout de suite envie de faire une photo, c'est un petit miracle ce reflet. Et aussitôt, une jeune femme enjambe cette flaque. Zut, je n'étais pas prêt, je l'ai ratée, j'aurais pourtant tellement voulu prendre ce geste, cet ensemble, avec la flaque, la jambe et le reflet de la colonne. Mais quand j'ai levé la tête, je me suis aperçu que plusieurs femmes passaient par là et prenaient toutes la même direction. C'étaient les ateliers de la place Vendôme qui rejetaient leurs petites cousettes pour le temps du déjeuner, elles allaient sans doute se retrouver et se détendre dans un bistrot de la rue Saint-Honoré. J'ai regardé ma montre, oui, il était midi, c'était bien ça. Alors, j'ai attendu. Trois femmes, l'une après l'autre, ont fait le même parcours et ont enjambé la flaque. J'ai fait trois photos. Elles ne me remarquaient pas puisque c'était la flaque que je visais. J'aurais à la rigueur pu passer pour un maniaque ou quelqu'un de bien bizarre, mais, au moins, j'ai pu obtenir l'effet que je voulais. Cette photo est la plus belle des trois. Elle est étrange, sensuelle, avec le beau dessin de l'escarpin et l'ambiance particulière de ce jour, où, je m'en souviens, il n'avait pas cessé de pleuvoir.

Paris à ce moment-là était très animé mais il n'y avait pas beaucoup d'automobiles. Pendant l'Occupation, les autos avaient été réquisitionnées et on ne voyait plus que des camionnettes ou des voitures professionnelles. Cela donnait à la ville un côté provincial. On peut dire que c'est en 1950 que Paris a retrouvé vraiment son animation, avec les 2 CV et les 4 CV qui ont commencé à sortir, avec aussi les tractions et les

Panhard qui signaient l'époque. C'est en 1950 que j'ai acheté ma première voiture. Une Citroën noire, qu'on appelait la Rosalie.

Port-Saint-Louis-du-Rhône, 1952

Ce jour-là était un jour en plus. Je me l'étais offert en Parisien qui ne voyait pas souvent le Midi et qui voulait profiter encore un peu de la région. La veille, j'avais terminé mon travail de photos industrielles pour la raffinerie Total qui était installée sur l'étang de Berre. J'étais allé photographier ces lieux, de jour et de nuit. Je me souviens particulièrement de certaines lumières de nuit, qui devenaient alors très romantiques, avec tous ces bruits et ces chuintements venant des machines. C'était donc le matin de cette journée « cadeau », et je faisais tranquillement le tour de l'étang. Mais dans un coin, en tournant la tête, j'ai remarqué cette femme en méditation, devant l'eau qui clapotait et cette maison en par-paing. Elle paraissait si perdue que je me sentais presque gêné d'avoir envie de faire une photo. Mais elle était de profil, je crois qu'elle ne me voyait pas. Quelque chose en elle m'a rappelé soudain la Grèce, ou une espèce de Fatum qui était là, invisible, autour d'elle, et elle l'acceptait, échangeant peut-être avec cette présence quelques mots silencieux. J'étais très ému. Il y a parfois des moments qui sont si forts que j'ai peur de les tuer en faisant une photo. C'est alors que je doute, je me dis que je suis peut-être tout seul à m'inventer des histoires et je ne suis pas sûr de pouvoir communiquer toutes mes associations : il faut alors que je sois très prudent, que je garde une certaine distance. Quand l'image sera tirée sur le papier, est-ce que cette magie que j'ai ressentie sera encore vivante, palpable ? Je sais que parfois il reste très peu de chose, alors je garde la photo pour moi, comme une mémoire intime, qui ne regarde pas les autres.

Le fil cassé, 1950

Ce jour-là, je visitais une usine textile avec un industriel qui me commentait la vie des filatures et des tissages dans le Haut-Rhin. C'était le matin. Je devais réaliser pour lui un reportage là-dessus. Je me souviens qu'il me parlait beaucoup et me décrivait très minutieusement les mécanismes de son usine. Mais tout à coup, je lui ai demandé de m'excuser et d'attendre un peu car je venais de surprendre quelque chose que je ne voulais surtout pas louper. Ce moment précis, qui ne réapparaîtrait plus. Cette jeune femme, agenouillée devant un métier à tisser. Elle essayait avec une belle délicatesse de renouer un fil qui venait de se casser. Elle était très belle et son geste si gracieux. J'ai immédiatement pensé à une harpiste devant son instrument. J'ai alors expliqué à l'industriel que je ne retrouverais jamais cet instant, il fallait vraiment que je le capte, cela faisait partie de ces petits miracles qui surgissaient dans nos vies, on se devait de les recueillir. Là encore, comme souvent dans l'histoire de mes photos, il y a une suite : j'ai appris bien plus tard par un ami alsacien qui la connaissait qu'elle avait été remarquée par un professeur américain et qu'il l'avait emmenée avec lui, là-bas, aux États-Unis. Il l'avait épousée, mais quelques années après, il est mort et elle a préféré revenir en Alsace. Je crois qu'il était beaucoup plus âgé qu'elle. Elle aussi a eu une fin triste, elle est morte prématurément. Elle était fragile.

Île de la Réunion, 1990

Ce jour-là, nous avions beaucoup circulé en voiture dans l'île, j'avais été invité à l'occasion d'une exposition et en même temps je préparais un autre reportage pour l'année suivante. Un journaliste m'accompagnait. Nous étions du côté de Saint-Pierre, qui est une petite localité sur le bord de l'île, et en quittant la ville pour revenir vers Saint-Paul, voilà que nous passons devant ce petit ruisseau, ce marigot, et je surprends cette scène. « Arrête-toi ! Arrête-toi une minute ! » Bien sûr, le journaliste ne savait pas pourquoi je disais ça, il regardait la route. Mais la route tournait juste là, je m'en souviens très précisément. Il s'arrête, je descends, et, en l'espace d'une minute, une minute et demie, pas plus, j'ai fait deux clichés. C'est ravissant, cette petite fille qui agite sa

jupe, pour la faire sécher plus vite. Elle sourit, elle est contente, il y a comme une espèce de complicité entre nous. Et puis il y a un homme, ici, sur le côté, dont on voit juste le bras et un pied. Il était avec eux ou il se trouvait là, je ne sais pas. J'aime particulièrement les bords de cadre, ils sont souvent très importants, ils font respirer la scène. J'ai toujours tenu à ce que mes photographies soient composées, comme si je faisais un petit tableau de genre, une petite peinture de genre, oui, je crois que j'ai toujours tenu à ça.

Métro aérien, 1939

Ce jour-là, je me souviens que le soleil était légèrement voilé. J'ai fait cette photo dans le métro aérien, sur la ligne Nation-Étoile. C'était étrange, presque tout le monde était de dos et il y avait juste cette femme, le visage tourné dans ma direction. Je la regardais, elle était la seule tache un peu claire dans cet ensemble, je crois aussi que le soleil était caché derrière les maisons. Mais de temps en temps, sur le trajet, il y avait un intervalle entre deux maisons et là où il n'y avait pas d'autres immeubles la lumière se faisait plus précise, ça introduisait quelque chose de mélodique. À un moment, et c'est là que j'ai eu envie de prendre la photo, le soleil est venu brusquement éclairer le visage de la jeune femme, en une secousse, ce qui accentuait cette impression

mystérieuse d'une apparition. Elle était soudain devenue comme une vierge médiévale, j'étais subjugué par son visage et par le hasard de la position de tous les autres voyageurs : là, j'ai pu placer un instantané. J'aime regarder cette photo régulièrement, je me souviens de ces minutes découpées dans le bruit du métro, avec cette femme auréolée par un soleil qui, à intervalles irréguliers, venait illuminer son visage, comme un battement.

En général, je ne change rien à ce qui se passe, je regarde, j'attends. Simplement, à chaque photo, je suis impressionné par une situation, et j'essaie de trouver la bonne place où pouvoir placer mon instantané, pour que le réel se révèle dans sa vérité la plus vive. Il y a un vrai plaisir à trouver la place juste, cela fait partie de la joie de la prise de vue, et c'est quelquefois aussi un tourment, parce qu'on espère des choses qui ne se passent pas ou qui arriveront quand vous ne serez plus là.

Belleville, 1957

Ce jour-là, j'étais dans un terrain vague, au bas
de l'escalier de la rue Vilin et j'ai vu ça. Un
homme, avec une valise à ses pieds. Il tient la
rampe, il a l'air d'être perdu dans un monologue
intérieur que je crois entendre. J'invente aussitôt
son histoire, plutôt abracadabrante. « Mais oui,
ça fait bien vingt-cinq ans que je ne suis pas revenu dans ce quartier et que je n'ai pas remonté
cet escalier. Hortense doit m'attendre, elle a dû
recevoir ma dernière lettre de Valparaiso, mais
comment va-t-elle m'accueillir, comment vais-je
lui expliquer ce qui s'est passé ? Et ces enfants,
peut-être sont-ils les enfants de Louise, ma ca-
dette ? Ils ne savent même pas que je suis leur
grand-père et que je suis de retour à la maison, je
devrais sans doute les prendre dans mes bras, mais

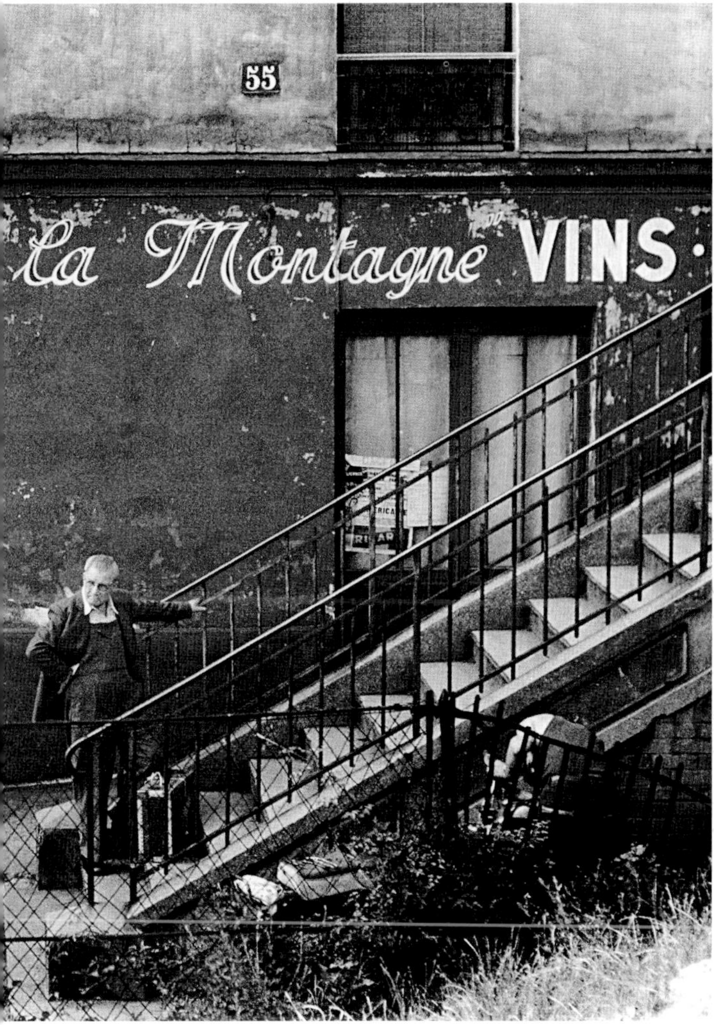
55
La Montagne
VINS

ils ne me regardent même pas. Je croyais faire fortune là-bas, mais je suis aussi pauvre que lorsque je suis parti. J'ai peur maintenant. Je n'arriverai jamais à grimper jusqu'à la maison, quel désastre, j'aurais vraiment dû rester là-bas ! »

Et puis, il y a quelques années, au cours d'une rencontre que j'avais faite à la Maroquinerie où je commentais quelques-unes de mes photos dont celle-ci, un homme dans la salle lève une main discrète et me dit que mon scénario n'est pas du tout le bon car cet homme était précisément son père : il n'avait jamais quitté sa mère et ce qu'il y avait dans sa valise, c'étaient de petites pièces métalliques qu'il devait fixer sur des flacons de parfum, car c'était là son métier. Il n'était pas un si grand voyageur puisqu'il descendait les chercher en bas du quartier et remontait les fixer là-haut, dans son atelier.

Vieux marché couvert, Thessalonique, 1992

Ce jour-là, à Thessalonique, j'avais envie de voir un marché, je suis d'ailleurs toujours très curieux de découvrir de nouveaux marchés. Partout. L'Institut français de la ville m'avait consacré une exposition et la directrice du centre culturel m'avait conseillé de visiter le vieux marché. J'ai tout de suite aimé l'atmosphère de tous ces petits magasins et de ces tavernes qui formaient la partie couverte du marché, il y avait aussi de minuscules échoppes où l'on ne buvait que de l'ouzo et où l'on servait des mezzés. De l'autre côté, dans la partie ouverte, on vendait les fruits, les légumes, le poisson, les herbes fraîches, les épices, le marché s'appelait marché Modiano, du nom d'une très vieille famille juive de Salonique, l'ancien nom de la ville. À un moment, je lève la tête

et je remarque une enseigne : Chez Petros. Tiens, pourquoi pas ? J'entre dans le restaurant et il y avait une telle jovialité que j'ai eu évidemment envie de m'attabler : et si je déjeunais là, je me suis dit ? J'ai regardé l'heure, j'ai choisi une petite table dans le coin et je suis allé téléphoner à cette amie pour lui demander de venir me rejoindre, venez vite, il y a une animation extraordinaire, je lui explique que c'est le troisième petit local en entrant dans le marché, elle était amusée par ma trouvaille. Mais au moment où je lui parle, deux musiciens arrivent dans la salle, se faufilent entre les clients et commencent à jouer des airs endiablés. Je prends alors mon appareil, je grimpe sur ma table et je fais cette photo. Quelques minutes après, les jeunes se sont mis à danser entre les tables, je me souviens de cette musique, c'était un moment très heureux.

En parapente à Valmorel, 1992

Ce jour-là contient un secret. J'avais quatre-vingt-deux ans, et je m'étais dit qu'au fond si j'allais cette fois à la montagne, ce serait sans doute pour moi la dernière année où je pourrais encore faire du ski. J'avais remarqué dans les publicités de Noël qu'on vantait le petit village de Valmorel, on disait qu'il venait d'être construit par une équipe de jeunes architectes dans un style très local et qu'il ne dénaturait pas le caractère alpin et traditionnel de cette station. D'ailleurs, c'était vrai, il n'y avait aucune maison à grande hauteur comme aux Arcs ou dans tant d'autres stations de sports d'hiver, il n'y avait que des chalets, avec de beaux matériaux, du bois, de la pierre, des toits de lauze, et c'est justement l'ambiance d'un village à la fois neuf et traditionnel qui m'a beaucoup séduit. Je suis donc allé là-bas, le temps d'une semaine.

Dès que je suis arrivé, j'ai déposé mes affaires à l'hôtel, et j'ai filé au bureau des moniteurs, pour voir comment ça se passait exactement. J'avais envie de m'inscrire à un cours parce que je n'avais plus fait de ski depuis longtemps et je ne voulais surtout pas perdre une journée, je me disais que je n'avais qu'une semaine et il me fallait vraiment quelques séances de remise en jambes.

Je me souviens très précisément de ce moment. Je me dirigeais donc vers le bureau et là, tout en marchant, je vois, dans le ciel, à mon grand étonnement, deux parapentes, avec deux personnages accrochés dessous. J'entre dans le bureau et je demande alors à l'employée : « S'il vous plaît, madame, qu'est-ce que c'est que ces parapentes avec deux personnes au-dessous ? — Eh bien, c'est que nous organisons des baptêmes de parapente pour les personnes que ça intéresse. » Alors je lui dis : « Vous m'inscrivez ! Je commence demain ! » J'avais vraiment très envie d'essayer, de comprendre ce que le corps ressentait, en plein vol. Et j'ai fait trois sauts. J'avais amené bien sûr mon appareil avec moi, il ne me quittait d'ailleurs jamais. Même pendant ces sauts. Il n'y avait pas de raison de m'en séparer.

Il y a quelque chose qui est bizarre sur cette photo : on remarque que les deux skis ne sont pas identiques. C'est que dans ce cas-là, en sautant, on est attaché au moniteur, votre dos contre son ventre, et vous avez votre paire de skis entre sa paire de skis. Ce qui fait qu'ici, il y a respectivement notre ski droit à chacun. Et les deux skis de gauche sont hors cadre.

J'ai bien aimé dans ma vie, c'est vrai, toutes les choses qui me sortaient du train-train, et ce jour-là, ça ne m'a pas empêché de prendre mes cours de remise en jambes et d'être tout à fait heureux de skier à nouveau, je dois dire avec une certaine facilité… Mais sans prendre de risques, évidemment.

Jules et Jim, 1947

Ce jour-là, je crois que c'était un dimanche, ou peut-être un samedi, cette fois je ne sais plus précisément, j'étais en tout cas allé de nouveau me promener sur les bords de la Marne. Peu après la Libération, on m'avait beaucoup parlé de cet endroit à la mode où les gens se retrouvaient le week-end, dans une guinguette, pour manger des frites et des moules, ou pour pique-niquer, ou encore pour danser, comme Chez Gégène, ou Chez Maxe. Et en 1947, on en trouvait encore beaucoup de ces guinguettes, c'est d'ailleurs là que j'ai commencé à faire un certain nombre de photos sur ce thème, et à m'intéresser de plus en plus à cette atmosphère de liberté, de joie de vivre retrouvée. Très franche, très simple. J'y retournais régulièrement. C'était sans doute un dimanche, je me souviens en tout cas que le temps n'était pas très engageant et j'étais un peu soucieux, je me disais que je m'étais peut-être déplacé pour rien.

Alors je marchais, un peu triste, sans rien attendre de précis. Et puis tout d'un coup, je vois sur cette petite passerelle qui reliait les deux îlots, à Champigny, ces trois jeunes gens : deux garçons et une fille. La fille, qui se penchait légèrement sur l'un des garçons pour lui donner un baiser. J'ai trouvé ça très joli, et j'ai fait la photo. C'était comme un petit conte, ou une nouvelle. Des corps apparus en songe, qui n'avaient besoin de rien d'autre que d'être là, tous les trois ensemble, en parfaite harmonie, avec l'immense végétation autour. Cette photo, qui a été assez souvent reproduite dans des revues, avait été pour moi comme un avant-goût de ce qu'allait être le *Jules et Jim* de Truffaut, quand il est sorti, quelques années plus tard. L'histoire d'une fille et de deux garçons, leur vie tourbillon, la grâce de Jeanne Moreau et les sentiments qui tournaient aussi, entre eux trois, je garde encore la chanson de Rezvani dans la tête, dans les yeux, elle avait des bagues à chaque doigt, des tas de bracelets autour des poignets… Au fond, en captant cette scène, j'avais peut-être photographié quelque chose de ce film avant même sa sortie, en une espèce de prémonition ? Cela arrive parfois.

Le retour des prisonniers, printemps 1945

Ce jour-là, j'étais à la gare de l'Est pour réaliser un reportage que m'avait commandé la SNCF, et en marchant dans la gare bondée, où les prisonniers arrivaient, fatigués, amaigris, dans une atmosphère très troublante de cohue et d'espoir, j'ai été soudain frappé par cette infirmière qui faisait ses adieux à un prisonnier qu'elle avait dû soigner pendant le convoi. J'assiste donc à leur séparation. Je me dis que le prisonnier arrive à Paris et que, probablement, quelqu'un l'attend, quelqu'un l'a même attendu très longtemps. Mais ça, je ne le sais pas vraiment, j'imagine, j'invente, j'associe, je me laisse aller à ma rêverie, mais c'est au moment précis où j'ai développé et tiré cette photo qu'elle m'a bouleversé, parce qu'il y avait une expression si émouvante sur le visage de cette femme, si complice et si pudique à la fois.

Mais là, je l'avoue, je me suis aussi raconté une histoire. Je me suis dit : si cette femme a un fiancé à Paris, ou si elle est mariée, et si le mari un jour tombe sur cette photo, il sera peut-être très troublé lui aussi, comme je le suis à présent, par l'expression aussi intense de sa femme, il s'imaginera forcément qu'il y a eu une courte aventure entre ce prisonnier et elle, non, je ne peux pas lui faire subir ce choc. J'étais sûr d'avoir capté un secret. Car il faut penser que le voyage durait plusieurs jours, depuis la frontière allemande jusqu'à Paris, il y avait de nombreux contrôles en route, c'étaient des trains d'une grande lenteur, on était encore très près de la Libération.

Ce qui fait que je n'ai jamais voulu donner cette photo à la SNCF, qui voulait prouver par ce reportage tout l'effort qu'elle mettait dans le rapatriement des prisonniers, je me suis dit non, non, je ne dois pas mettre cette photo-là à la vue du public. C'est seulement trente ans plus tard que je l'ai fait paraître dans un livre. Là, le temps avait tellement passé qu'il y avait prescription.

J'aime saisir ces brefs moments de hasard, où j'ai l'impression qu'il se passe quelque chose, sans

savoir quoi précisément, et ce quelque chose me trouble beaucoup — à m'en souvenir, j'en ai encore aujourd'hui la gorge serrée —, mais je ne voudrais pas que cette émotion puisse déboucher sur le moindre malentendu.

Les Amoureux du Pont des Arts, 1957

Ce jour-là, c'était le début du printemps, les feuilles étaient encore toutes petites et je me promenais au bord de la Seine, j'avais toujours grand plaisir à marcher sur les quais, avec mon appareil. Cette même année, j'avais photographié *Les Amoureux de la Bastille.* Je me souviens que j'étais monté tout en haut de la Colonne parce que la lumière était particulièrement belle, une lumière d'hiver, de janvier, très blanche. J'avais été guidé par elle, comme souvent, et c'est là que j'ai fait une de mes plus belles photos, qui a fait le tour du monde. En carte postale, en puzzle, en tee-shirt, en poster. J'aimais monter tout en haut de la colonne, j'y venais souvent, Paris était si beau, vu de ce point. J'étais seul, je faisais une série de photos et je m'apprêtais à rentrer chez moi. C'est

là que j'ai vu ce couple, de dos, qui regardait le panorama. Je les ai photographiés juste au moment où le garçon posait un baiser sur le front de sa compagne. Très délicatement. Je pensais que c'était un couple d'étrangers jusqu'au jour où, en 1988, j'ai appris qu'ils tenaient un café-tabac, de l'autre côté de la colonne, et qu'ils avaient encadré le poster dans leur bistrot. Nous sommes devenus copains, j'allais souvent prendre un casse-croûte chez eux. Riton et Marinette. En fait, ils étaient aveyronnais. Et au moment de la photo, ils ne pouvaient d'ailleurs pas se douter qu'entre les boucles du fer forgé de la colonne on voyait une petite boutique, qui allait plus tard devenir leur bistrot. Ils étaient encore fiancés à ce moment-là.

Mais une saison avait passé depuis ce jour de janvier, et je marchais donc, tranquillement, sur les quais. Je suis obligé de passer au présent pour raconter la suite. Je remarque une barque arrêtée et dans cette barque, je surprends un couple assis, curieusement installé. Je fais deux photos. Une première photo, où le garçon n'embrasse pas encore la fille mais se prépare à l'embrasser : c'est ce moment que j'avais envie de capter, cette espèce de suspens, on se dit que peut-être elle ne va pas accepter son baiser, on se dit oui non, oui non ? Et la deuxième photo, je l'ai faite au moment où ils s'embrassent vraiment. Mais c'est celle qui précède le baiser qui me plaît davantage, avec ce geste très fragile juste avant l'acquiescement. En développant la photo, je me suis aperçu qu'il n'y avait pas de rames sur la barque : elle était simplement accrochée au quai. Ils avaient dû sauter dedans très vite, pour être soi-disant isolés. Sur le côté, on voit aussi une vieille voiture avec la roue de secours accrochée au porte-bagages, on n'en a plus beaucoup fait de ce modèle par la suite. Elle a même un marchepied.

Marie-Anne, dans un village du Tessin, 1962

Ce jour-là, j'avais tenu à fixer un moment de ce voyage d'été que j'avais fait avec Marie-Anne. Nous revenions de Suisse en voiture et le trajet était assez accidenté, il nous fallait passer par les vallées du Tessin, au nord du lac Majeur. Nous étions dans le Tessin. Tous les soirs, au hasard de la route, nous nous arrêtions pour camper. Je regardais la carte et je pointais une petite route, comme ça, à l'intuition. J'aimais me fier au hasard des cartes. « Tiens, là, regarde, cette petite route qui est tracée en rouge, elle n'a pas l'air d'aller plus loin, on dirait qu'elle s'arrête, ça me plairait bien de camper dans ce bout du monde, qu'en penses-tu ? » Alors, nous prenions la voiture, et ma femme se laissait toujours conduire, elle aimait beaucoup ces voyages. La route était

très étroite, avec de nombreux lacets, si bien que de temps en temps il fallait s'arrêter sur le bas-côté pour laisser passer la voiture qui venait en sens inverse. Je faisais très attention parce que c'était tout au bord d'une falaise, la pente était vraiment raide. En bas, on voyait le mouvement du torrent et l'eau était d'un vert émeraude. C'était la vallée du Verzasca. Je commençais à douter. Mince alors, est-ce qu'on va pouvoir camper là-haut ? C'était en effet très isolé. Et voilà que nous entrons dans ce petit village du bout du monde, qui s'appelle Mergoscia, et comme je ne parle pas l'italien, j'essaie malgré tout de me faire comprendre. Je dis : « Moi, français ! » Et je dis encore : « Camping ! Camping ! » Et je dessine la forme de la tente comme ça, avec mes mains. La femme me regarde et répond : « Non. » D'un ton très ferme. Elle sent bien mon étonnement et me fait gentiment le geste de la suivre jusqu'au petit bureau de poste. Elle savait que là, il y avait une postière qui parlait un peu français. Je me présente, j'explique que nous avions envie de camper ici pour la nuit. Elle se met à rire et me dit : « Mais monsieur, c'est impossible de camper ici, comment voulez-vous, vous n'avez pas vu le terrain ? Il n'y a aucun endroit plat pour planter votre tente. »

C'était déjà la fin de l'après-midi, je pensais que nous devions redescendre tout le chemin, chercher à nouveau un endroit dans la vallée. Alors, la femme trouve une idée. On la suit, elle nous conduit dans une maison paysanne, où vivait un vieux couple. « Ces gens-là ont quelques chambres, mais elles sont minuscules, il ne faudra pas être difficile ! »

Effectivement, il fallait se pencher à moitié pour entrer dans la chambre, la porte mesurait un mètre cinquante à peu près et à l'intérieur, pour se déshabiller, il fallait presque sortir un bras dehors, tellement c'était petit ! Avec un lit de quatre-vingts centimètres pour nous deux. La chambre était sur une terrasse qui faisait le tour de la maison, au premier étage. Et d'ailleurs, c'est sur cette terrasse que nous avons fait notre toilette le lendemain matin, parce qu'à l'intérieur on ne savait même pas où placer la cuvette. On est allés chercher un broc à la fontaine, en bas, et on s'est lavés sur la terrasse.

Mais ce couple était tellement gentil qu'on a eu envie de rester encore un peu ici. C'est au moment où nous avions décidé de passer une nuit de plus dans cette maison que j'ai soudain voulu garder un souvenir et photographier Marie-Anne.

Place des Vosges, 1985

Ce jour-là, il y avait beaucoup de monde sur les pelouses de la place des Vosges. Je me promenais depuis quelques jours dans Paris pour compléter par de nouvelles photos un livre que je devais publier chez Denoël, qui s'appelait *Mon Paris*. C'était un dimanche d'été, il faisait très beau et la place des Vosges était merveilleuse. Je m'arrête sur cette famille. L'homme, la femme, les fillettes habillées à la fois d'une façon moderne et surannée, elles ressemblaient à des petites filles modèles. C'était ce mélange de style qui m'avait attiré. Le cerceau, la corde à sauter, les dentelles, les gestes des petites filles. L'homme aussi, avec son pull-over et son jean, m'intriguait. Ils étaient en fait, je crois, les précurseurs des bobos. C'était une scène qui me rappelait l'ambiance d'un dimanche à la campagne. Un jour, sur cette place, j'ai pleuré d'émotion. C'était un mois d'avril, avec Marie-Anne. Il y avait, d'un côté des arcades, des musiciens de jazz, et de l'autre, des étudiants qui sortaient sans doute du Conservatoire et qui jouaient du Bach. Il y a eu soudain en moi une grande émotion qui est née de la rencontre entre ces deux musiques. Et dans les arbres, c'était déjà la fin des bourgeons, on voyait la naissance des petites feuilles, cela formait un immense poudroiement de confettis. J'avais les yeux pleins de larmes. Quand vous découvrez brutalement ce signe que vous adresse le printemps, ce moment si juvénile…

Spakenburg, Hollande, 1952

Ce jour-là, dans l'été 1952, nous poursuivions, Marie-Anne et moi, notre grand voyage en Hollande, pour visiter les musées. Marie-Anne était peintre et la peinture hollandaise la captivait.

C'était autour du Zuiderzee, qui est une mer intérieure, dans un petit port de pêche très typique qui s'appelle Spakenburg. On sait combien les femmes hollandaises sont des briqueuses, elles font des lessives constamment, avec le mari qui est souvent à la pêche, et ce qui nous avait particulièrement frappés, c'est qu'elles avaient gardé le costume traditionnel. Nous étions presque dans une peinture hollandaise. Chaque petit port avait son costume particulier. Ils étaient tous différents, d'un petit port à l'autre, c'était très joli.

On m'a par ailleurs dit que, si elles acceptaient

— les hommes aussi — de rester en costume traditionnel, on les exonérait d'impôts. J'imagine que c'était quand même tout un travail d'entretenir ces costumes, il fallait que tout soit parfaitement propre, en permanence, et puis c'était aussi une façon d'honorer tous ceux qui venaient visiter la Hollande.

On sent le vent de la mer dans cette petite scène, c'est ce que j'aime encore ressentir. C'est une scène très quotidienne, avec la lessive qui sèche au vent, c'est toujours très gracieux, des draps qui se balancent... Et puis là, il y a une maman, je crois qu'elle est en train de réparer un jouet à son enfant, et une autre maman qui conduit un petit enfant, je ne sais pas, peut-être qu'il a fini de jouer avec ses copains... Je crois que j'ai pris deux photos. La maman était occupée et ne me voyait pas, j'attendais simplement que les enfants aient une disposition dans l'espace qui me satisfasse, c'est souvent le plus difficile. Là, j'étais satisfait, je m'étais placé assez près, à un mètre cinquante, deux mètres. Et du coup, la profondeur existe, grâce aux draps qui sèchent plus loin. Le ciel est gris. D'un gris particulier, comme il y en a souvent dans ces pays du Nord, il n'y a pas de soleil, mais l'instant est précieux, presque intemporel.

Noël 1954, La Bicyclette

Ce jour-là, j'étais allé rôder, comme tous les ans, dans la semaine qui précédait Noël, toujours près des vitrines des grands magasins. J'aimais retrouver la présence de tous ces enfants devant les jouets, leur émerveillement, les parents qui s'étonnaient eux aussi, l'ambiance particulière des rues tout autour, la promesse de la fête. Là, c'était donc à la mi-décembre 1954, je me suis retrouvé sur le boulevard Haussmann, au milieu de ce stand de vélos d'enfants, et j'ai vu cette petite scène, qui m'a touché aussitôt. C'était en apparence une scène de tous les jours, très simple : un papa, avec sa fille, devant des vélos. Maintenant, si on regarde bien, on voit que le papa est très pauvrement vêtu, il a dû décider d'emmener avec lui sa fille pour lui acheter un petit cadeau, mais on sent bien que ce sera difficile pour lui de trouver quelque chose qui soit vraiment un beau cadeau, et la petite fille, avec cet air qu'elle a et la façon dont elle regarde le vélo, eh bien on dirait qu'elle le désire de toutes ses forces et qu'en même temps elle y renonce, elle sait qu'elle ne pourra jamais l'avoir. C'est déchirant de voir son expression, si tendre, si modeste, elle le sait déjà que ce n'est pas un vélo qu'elle aura. C'est trop cher, un vélo. J'ai été très ému par cette petite scène, qui rompt avec toutes les autres photographies, plutôt joyeuses, que j'ai faites à Noël, devant les vitrines. C'est d'ailleurs à peu près dans la même semaine que j'ai photographié également *L'Homme seul*, dans la foule, près du métro Palais-Royal, devant les magasins du Louvre. C'est une photo qui m'intrigue encore, car le visage de cet homme a surgi pendant quelques secondes au milieu d'une foule joyeuse et affairée, juste le temps que je prenne la photo. Immédiatement avant, il n'y était pas. Immédiatement après, il avait disparu. L'apparition de cet homme reste un mystère. Ce visage sinistre, étranger aux autres, et pourtant au milieu d'eux, avec eux. Il ressemble à un diable qui sort d'une boîte.

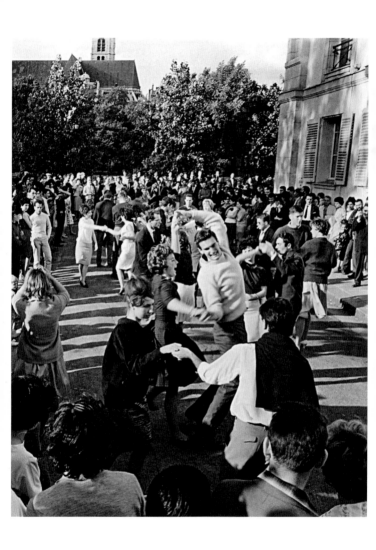

Île Saint-Louis, 14 juillet 1961

Ce jour-là, j'étais monté sur un tabouret pour avoir une vue plongeante du petit bal. Il y avait une telle gaieté dans les rues de Paris, au 14 Juillet. Ça s'est raréfié, peu à peu. Dans l'île Saint-Louis, l'ambiance était particulièrement étonnante, c'était un rendez-vous très à la mode dans les années soixante. Au loin, je crois qu'on aperçoit une tour de l'église Saint-Gervais, qui se trouve derrière le Louvre. Nous sommes juste sur la pointe de l'île, la pointe qui regarde Notre-Dame. Le quai tourne autour de cette maison, là.

Rue des Canettes, 14 juillet 1955

Ce jour-là, j'étais entré dans ce bistrot très animé de la rue des Canettes, qui était tout de suite sur la droite, quand on arrivait de la rue Saint-Sulpice. Existe-t-il encore ? C'était aussi un 14 Juillet, la patronne avait mis de la musique, les clients avaient quitté le comptoir et dansaient dans la rue. J'ai été séduit par la grâce de ce garçon. Je me souviens que c'était une java. D'ailleurs, le geste de sa main sur la hanche de la jeune fille est typique de la java. Ils étaient simplement éclairés par la lumière du bistrot. Et dans l'ombre, autour, d'autres couples dansaient. Des valses, des javas. J'ai beaucoup dansé avant de rencontrer Marie-Anne, mais comme elle ne dansait pas, je me suis arrêté. Elle était en revanche une grande marcheuse.

Il faisait chaud dans Paris cette nuit-là.

Nu dans une mansarde, 1949

Ce jour-là, je me revois, montant à pied jusqu'au sixième étage d'une vieille maison de la rue François-Miron, dans ce quartier du Marais qui était alors un quartier très modeste. C'était en 1949. Une organisation caritative américaine distribuait des colis pour des familles nécessiteuses à travers toute l'Europe, dans le cadre du plan Marshall, je crois. Elle m'avait demandé de faire un petit reportage en accompagnant une de leurs équipes. Nous avions une liste d'adresses dans des quartiers défavorisés. Et nous montons ensemble les escaliers de ce vieil immeuble. La porte s'ouvre : une famille était là, dans un tout petit logis, le père, la mère, et quatre jeunes filles, entre douze et dix-huit ans. Je me mets alors à photographier ce que l'on m'avait demandé, c'est-à-dire la distribution des colis. Mais, très gentiment, l'équipe me propose ensuite de prendre un café, avec la famille. Les jeunes filles étaient là, avec nous, autour de la table, et à un moment je demande aux deux plus jeunes : « Vous allez encore probablement à l'école ? — Mais bien sûr, elles vont encore à l'école », dit le père. Et à l'aînée, je demande : « Et vous, mademoiselle, est-ce que vous faites toujours des études ? — Non, j'ai terminé mon lycée et, comme je ne savais pas très bien quoi faire, j'ai décidé, par relations, de servir de modèle à des sculpteurs. — Ah, je lui ai dit, vous posez pour des sculpteurs, mais alors, est-ce que vous poseriez pour un photographe ? »

J'ai dit cela de façon très directe, en regardant alternativement la jeune fille et ses parents, je ne voulais pas qu'il y ait la moindre gêne. La jeune fille m'a répondu : « Eh bien écoutez, moi ça ne me dérange pas. Que je pose pour des sculpteurs ou pour vous, je veux bien, mais si mes parents sont d'accord, bien entendu… »

Alors je me suis tourné vers les parents : « Qu'en pensez-vous ? Si vous êtes d'accord… En tout cas, soyez tout à fait tranquilles, c'est ici que je me propose de faire ces photos. Les portes seront ouvertes et vous verrez que tout se passera convenablement. »

C'est donc dans la petite chambre des enfants que j'ai choisi la pose de cette jeune fille, sur un pauvre lit, très modeste, au sommier de fer. C'est ce qu'on appelait un lit-cage. De ces lits qui se dépliaient la nuit et qui se rangeaient derrière une porte dans la journée, pour gagner un peu de place.

J'allais souvent dessiner au Louvre, pendant toute mon adolescence, et cette fréquentation de la peinture m'a beaucoup servi, je crois, dans ma pratique de la photographie. Je dessinais des sculptures d'athlètes et des nus féminins. Et tout au long de ma carrière, quand l'occasion se présentait, j'ai photographié des nus de femmes et de jeunes filles. Parfois, je les sollicitais, parfois même c'était sur leur demande. Je me souviens particulièrement du vernissage de mon exposition au Centre culturel français de New York, en 1981. Trois jeunes femmes, qui venaient de voir mon *Nu provençal* présenté en majesté au centre d'un panneau, m'ont proposé de poser pour moi. Je n'ai éludé que pour une seule, elle ne m'inspirait pas vraiment.

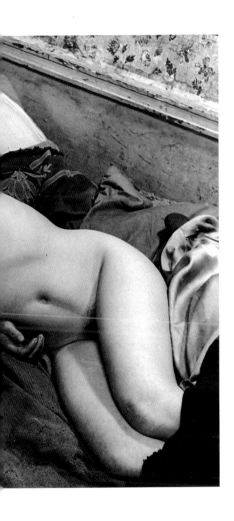

Mais un de mes plus grands chocs artistiques a été la révélation des petits cabinets du Louvre, consacrés aux peintres hollandais du Siècle d'or. Les gens dans leurs intérieurs, les scènes dans les tavernes, les kermesses, les patineurs sur les canaux gelés. Les clairs-obscurs dans des chambres à petites fenêtres, cette lumière assourdie que l'on trouve dans certaines peintures de Rembrandt. La joie débridée des fêtes villageoises de Bruegel, où l'organisation des personnages dans l'espace s'établit à la fois si simplement et si harmonieusement, à travers sa riche diversité. On comprendra alors que cette imprégnation ne pouvait que s'exprimer par la suite, dans mes parcours photographiques, quand je traversais les quartiers populaires des villes et les bourgades campagnardes. En France et ailleurs.

Palais Pouchkine, 1986

Ce jour-là, j'étais en compagnie de Rober Mallet à Saint-Pétersbourg, quand la ville s'appelait encore Leningrad. C'était en 1986, dans un voyage qui m'avait conduit d'abord à Moscou pour le vernissage d'une exposition qu'avait organisée l'association France-URSS et qui accueillait également d'autres artistes et gens de lettres. C'est à Moscou que j'avais lié connaissance, on pourrait même dire amitié, avec Robert Mallet, qui était poète et écrivain, et avait été également recteur de l'Académie de Paris, juste après les événements de 68, un poste qu'il a conservé jusqu'en 1980. Il était seul, sa femme n'avait pas pu l'accompagner, et à Moscou, au milieu de notre première conversation, je lui ai dit dans un élan de sympathie : « Mais pourquoi est-ce qu'on ne ferait pas le voyage ensemble jusqu'à Leningrad ? Je me présente, je suis photographe. » Et il me répond : « Ah, pourquoi pas, vous aiguisez ma curiosité, car je suis totalement inculte en photographie. — Eh bien, à la faveur des moments où nous serons ensemble, vous me verrez peut-être de temps en temps m'arrêter de vous parler, ou de vous écouter, et photographier quelque chose. Vous comprendrez sûrement le sens de mon travail. »

Nous nous sommes donc retrouvés à visiter ensemble le palais Pouchkine, qui se trouve à une vingtaine de kilomètres de Leningrad. Dans une des grandes salles, Robert Mallet s'aperçoit que je suis tout à coup un peu distrait. Il me voit m'éloigner et fixer une maman qui est là, avec un petit garçon. Et je lui dis : « Cher ami, vous allez voir, il va certainement se passer quelque chose, il faut attendre un peu, regardons bien. » Nous regardons bien sûr cette salle, avec tout ce qu'elle présente d'intéressant, mais je reste persuadé qu'il va se passer autre chose entre cette mère et son enfant, parce que je sens déjà des signes d'impatience chez le petit garçon. Effectivement, à un moment donné, l'enfant s'assoit, il ne veut pas aller plus loin, ça suffit, il veut rentrer à la maison. Et là, il serre la jambe de sa maman de

toutes ses forces, pour le lui répéter parce qu'elle, elle n'a d'yeux que pour le palais Pouchkine. J'en ai profité pour faire ma photo.

Alors, Robert Mallet était si étonné qu'il m'a avoué commencer à comprendre ce qu'était le métier de photographe ! Ce voyage a été le début d'une grande amitié. Nous nous sommes revus plusieurs fois, chez lui, dans le quartier de la Glacière. Il était sensiblement plus âgé que moi, mais nous avons eu un contact extrêmement agréable.

Devant toutes ces photos, je sais que je reste dans le quotidien, dans ma réalité quotidienne, mais c'est ce que je suis. Je ne suis pas un romancier, je ne peux pas inventer, c'est ce qui est là, sous mes yeux, qui m'intéresse. Le plus difficile est d'arriver à le saisir. Ces photos ne sont pas si mystérieuses pour moi, mais elles me replongent toutes dans un moment précis, de pure émotion, et c'est ce moment que je cherche à retrouver en m'arrêtant sur chacune d'elles. En regardant cette photo, par exemple, je me rappelle que j'avais fait une autre photographie, au musée du Louvre cette fois, qui pourrait être jumelle de celle-ci. Peut-être même le souvenir de cette photo m'aura-t-il effleuré quand j'ai remarqué l'enfant du musée Pouchkine ? C'était en 1960.

La Mort de Sardanapale, 1960

Ce jour-là, en 1960 donc, au musée du Louvre, je découvre ces deux silhouettes de dos. Je ne quittais jamais mon appareil. Une maman, avec son petit garçon, qui a sensiblement le même âge que l'enfant du musée Pouchkine. Chacun a son écouteur branché à l'oreille, ils sont tous les deux très attentifs devant l'histoire du tableau de Delacroix, *La Mort de Sardanapale*. Mais on sent bien que le petit garçon s'impatiente un peu, ce n'est pas sûr qu'il comprenne bien tout ce qui se passe dans ce tableau, il se frotte la cheville gauche avec le talon de sa chaussure droite, mais tout de même il écoute... Je sens aussi que ce sont des gens assez simples, qui ont fait l'effort de venir jusqu'au Louvre, de prendre un écouteur, immédiatement j'ai éprouvé beaucoup de tendresse pour eux et j'avais aussi envie de rire en imaginant ce qui se passait dans la tête de l'enfant. Quelque chose me dit que ce sont des Espagnols, mais je ne pourrais pas expliquer pourquoi…

Bohémiens à Montreuil, 1945

Ce jour-là, au milieu des Gitans qui s'étaient établis à Montreuil et qui vivaient là, à demeure je crois, en bordure de la ville, je suis tombé sur ce groupe de jeunes filles qui étaient à leur toilette. J'ai tout de suite aimé leurs gestes, la façon que l'une avait d'arranger sa coiffure ou de se la refaire pendant que sa copine lui tenait le miroir. J'ai réalisé un long reportage sur ces bohémiens de Montreuil. Ils étaient rétameurs. Ils travaillaient pour les hôpitaux et pour les collectivités. J'ai passé de grandes heures avec eux, et dans ce groupe ils étaient à peu près une vingtaine. C'est une composition agréable, avec une lumière agréable.

Au fond, pendant toute ma vie de photographe, ce sont des moments tout à fait aléatoires que j'aime retenir. Ces moments savent me raconter bien mieux que je ne saurais le faire. Ils expriment mon regard, ma sensibilité. Mon autoportrait, ce sont mes photographies. À chaque photo, il pouvait se passer quelque chose comme il pouvait très bien ne rien se passer. Ma vie a été pavée de déceptions, mais aussi d'immenses joies. Je voudrais ne retenir que ces moments de joie, qui consolent de tous les autres. Quand la vie furtivement vous fait un signe de reconnaissance, vous remercie. Il y a alors une grande complicité avec le hasard, que l'on ressent profondément. Alors, on le remercie aussi. C'est ce que je nomme la joie de l'imprévu. Des situations minuscules, comme des têtes d'épingles. Juste avant, il n'y avait rien, et juste après, il n'y a plus rien. Alors, il faut toujours être prêt.

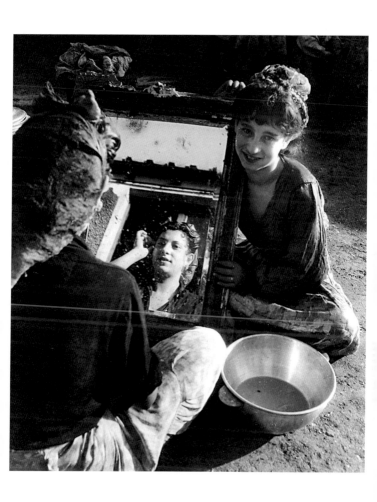

Anciennes fortifications, 1953

Ce jour-là, dans ce quartier du Pré-Saint-Gervais qui était alors un lieu de promenade pour les Parisiens, il y avait une vraie ambiance qui signait le début des années cinquante. On pouvait y voir encore les vestiges des anciennes fortifications. J'étais à peu près à la hauteur du boulevard Sérurier, là où d'ailleurs ont eu lieu les grands travaux de construction du périphérique parisien, qui ont dû commencer dans la deuxième partie des années cinquante.

C'était un lieu idéal pour les enfants, qui trouvaient là un merveilleux terrain d'aventures : on était à la fois à la campagne et dans un paysage très accidenté. Jouer ici aux gendarmes et aux voleurs était un grand plaisir ! Moi, je n'ai jamais

joué là-bas car j'habitais dans le neuvième, vers le bas des pentes de Montmartre.

Je me souviens être resté longtemps à cet endroit, j'attendais qu'il se passe quelque chose. Et là, je me suis décidé. J'avais cette maman, avec ses deux enfants, qui habitaient sans doute le quartier, peut-être le boulevard Sérurier ou Belleville Nord, ou le Pré-Saint-Gervais, dans sa partie intra-muros. J'avais aussi ce cycliste, qui s'était arrêté et qui rêvait. Au centre, dans la brume, les moulins de Pantin. Et cette maison isolée qui est très étrange, qui laisse rêveur. J'avais d'ailleurs montré un jour cette photo à Pierre Mac Orlan, que j'avais rencontré en 1953, quand j'espérais faire mon livre sur Belleville et Ménilmontant. J'avais beaucoup travaillé, j'avais fait le voyage jusqu'à Saint-Cyr-sur-Morin, où il habitait, à la fin de sa vie, pour lui montrer mes photos. Il m'avait dit : « Mais, Ronis, je veux bien vous faire une préface, ça m'intéresse. »

Je lui avais donc naturellement offert un certain nombre de photographies du quartier, et à propos de celle-ci, il m'avait dit : « Elle est étrange cette maison, on croirait la maison Usher, d'Edgar Poe. » Elle est curieuse en effet, toute seule, posée là comme une sentinelle, on peut imaginer qu'il s'y passe des choses terribles.

Puces, Porte de Vanves, 1947

Ce jour-là, avec Marie-Anne, nous sommes allés faire un tour aux Puces, comme souvent le samedi ou le dimanche. Nous étions mariés depuis un an et nous habitions le quinzième arrondissement. C'était un plaisir de venir chiner par ici, d'acheter deux ou trois objets, parfois utiles, parfois juste agréables. Nous étions encore assez près de la Libération et il y avait partout en France une effervescence, surtout dans le monde du travail. Une grande soif d'images aussi. La liberté avait été retrouvée, même s'il y avait encore des tickets d'alimentation, des problèmes d'éclairage, de chauffage. J'étais sur le bord du trottoir. Un homme avait déroulé une couverture par terre et vendait des porte-monnaie d'occasion. Un marché venait de se conclure : deux bras se tendent, des mains s'échangent des billets, ça y est, c'est vendu. Au-dessous de cette scène d'adultes, voilà qu'un petit garçon joue très sérieusement avec un porte-monnaie, il l'ouvre, le déplie, le retourne, comment ça marche un porte-monnaie ? a-t-il l'air de dire. À quoi ça sert ? Pour moi, il est en train de vivre quelque chose qui serait comme un apprentissage de la vie, c'est ce que j'ai senti très vite, j'ai eu envie de le photographier dans cet ensemble, à cette seconde précise. En silence, il se pose toutes ces questions et au-dessus de lui, on entend le bruit des billets, la voix des grands, la foule plus loin, peut-être aussi un petit orchestre de rue ou un accordéon, dans un bistrot.

Les marchandes de frites, 1946

Ce jour-là, je venais de terminer un reportage sur les Halles Baltard, les grandes Halles de Paris. Le quartier m'intéressait beaucoup et je me promenais encore, comme ça, au gré de ma fantaisie. Il était midi et j'étais arrivé rue Rambuteau. J'ai été saisi par la grâce de ces deux jeunes filles qui vendaient simplement des frites et parlaient à un client qui, naturellement, plaisantait avec elles. J'ai fait ma photo, de chic, le nez au vent. Il y avait beaucoup de monde tout autour et comme elles étaient jolies et avenantes, ça excitait la verve des clients. C'était en 1946, un an après la Libération, Paris vivait une période d'optimisme et de grand enthousiasme, c'est ce que traduit pour moi cette photo. Leur charme, leur sourire, leur malice, c'est au fond tout ce qu'on aime dans ce

Paris-là, vif, alerte, drôle. J'ai eu la chance de vivre à cette époque-là. J'ai couvert les trois-quarts du siècle. Mes premières photos datent de 1926, et j'ai travaillé jusqu'en 2002. Avec un arrêt pendant la guerre, où j'étais dans le Midi. Là, je n'ai pas fait de photos, sauf quelques-unes de Vincent bien sûr. Et une série de portraits de Jacques Prévert qui nous avait invités à passer la Saint-Sylvestre chez lui, à Tourettes-sur-Loup, la nuit de 1941 à 1942.

Mais il y a un nouveau Paris que j'aime aussi, qui possède un vrai charme. Le parc Citroën, le parc de Bercy, la coulée verte, et d'autres belles créations architecturales.

La sieste, Gordes, 1949

Ce jour-là, au milieu du deuxième été passé à Gordes, dans cette ruine que nous avions achetée à Pâques 1947, Marie-Anne faisait la sieste sur un transatlantique. Vincent, à côté, avait un petit jouet à la main. L'été précédent, je me souviens que nous nous éclairions encore à la bougie et à la lampe à pétrole. Et nous allions chercher l'eau à la fontaine.

C'est d'ailleurs au cours de cet été que j'avais fait le *Nu provençal*. Marie-Anne était à sa toilette, si gracieuse, je l'avais photographiée comme ça, de chic, à l'improviste. Je me souviens qu'ici je m'apprêtais à descendre de la chambre où, précisément, j'avais photographié le *Nu provençal* et j'ai soudain été saisi par le calme de ce moment, découpé dans l'après-midi. Sa beauté, presque sa majesté. On avait emmené de Paris notre chat et il dormait sur les genoux de Marie-Anne. J'étais en haut de l'escalier. On voit encore l'état tout à fait vétuste du sol. Les dalles disjointes nous cassaient tous les meubles, et on ne pouvait jamais s'asseoir sans avoir un pied de chaise qui restait suspendu, à deux centimètres du sol. L'année suivante, nous avons d'ailleurs fait refaire tout le rez-de-chaussée, en carrelage.

C'est à Gordes, dans ce même été, que j'ai rencontré André Lhote et cette rencontre a été pour nous très importante, elle avait transformé notre été.

Nous sommes venus dans cette maison pendant toutes les vacances, mais je m'en suis séparé quand j'ai perdu Marie. J'aime vraiment ce moment d'été. Et là, en bas de l'escalier, il y a cette ancienne jarre à huile où nous mettions quelques affaires, des lainages surtout, des écharpes, des gants, pour les retrouver à l'abri des mites, quand nous venions en hiver. Et là, dans le fond, c'était le panier de la chatte.

Le chat dans la colline, Gordes, 1951

Ce jour-là, voici que justement une autre histoire de chat m'a troublé. En face de notre maison, il y avait une petite colline boisée, une garrigue. Tout était sauvage, complètement sauvage, sans chemin. J'étais allé m'y promener, pour voir si je ne trouverais pas, malgré tout, un petit sentier, ou quelque trace de passage. Je voulais aussi prendre des photographies de notre maison, vue d'en face et d'un peu loin. Je cherchais une composition, je regardais les feuilles, toute cette végétation bien serrée, cette harmonie, quand j'ai perçu un tout petit bruit, près de moi. Des brindilles qu'on écrasait, à peine. Alors, je me tourne très lentement, pour ne pas effaroucher le petit animal que je risquais de trouver, je ne savais pas lequel… Et je vois ce chat qui

m'observe. Évidemment, il fallait faire très attention : un geste brusque et il se serait sauvé. Mon
appareil pendait à l'épaule. Il était bien réglé, je
n'avais pas à me soucier de ça, je venais de faire
une photo à la même distance à peu près. Je l'ai
donc armé. D'une main, sans bouger le reste de
mon corps. J'ai fait pivoter l'appareil contre ma
hanche, et là, j'ai fait la photo, au jugé, sans mettre l'œil au viseur.

On croirait presque une tapisserie. Je n'ai rien
touché, mais simplement, quand j'ai fait mon
agrandissement, j'ai atténué la zone, là, sur le
côté, qui était trop noire. Je voulais que ce qui
soit le plus noir, ce soit vraiment le chat.

La corvée d'eau, Gordes, 1948

Ce jour-là, dans la matinée, nous étions allés chercher l'eau à la fontaine, pendant les premières vacances que nous avions passées à Gordes. L'été 1948.

J'avais trouvé cette brouette très curieuse aux puces de Clignancourt, avec un fût. Et pour l'occasion j'avais fait souder un robinet, dans le bas, on le voit. C'était pratique, je mettais un entonnoir au-dessus et j'allais tous les matins à la fontaine remplir le fût avec un caoutchouc. Vincent, lui, tenait un broc dans sa main gauche, et un seau de campeur, en toile, dans l'autre main. Ainsi parés, nous avions assez d'eau pour la journée, soixante litres à peu près. C'était largement ce qu'il nous fallait, surtout que moi, je faisais ma toilette dans le lavoir.

La reine d'un jour, 1949

Ce jour-là, j'avais suivi la journée de celle qu'on appelait « la reine d'un jour ». C'était une émission radiophonique, en 1949, qui offrait la chance, à celle qui en avait le désir, de tenir ce rôle. Alors là, pour la personne qui acceptait, c'était vraiment très agréable. Pendant une journée entière, elle était comblée. On l'emmenait chez un grand coiffeur, on la promenait dans différents quartiers de Paris, on lui faisait jouer une petite scène amusante et à midi, bien sûr, elle allait dans un bon restaurant. L'après-midi, une Rolls l'attendait et un chauffeur la promenait dans Paris. Je me souviens lui avoir dit à ce moment-là : « Maintenant, madame, il faut absolument que vous me fassiez quelque chose qui exprime votre joie d'être reine d'un jour. »

C'est alors que j'ai fait cette photo. Avec le grand ciel derrière elle. C'était une personne très libre, qui se prêtait tout à fait au jeu. Elle vivait totalement son rêve.

La pause, 1945

Ce jour-là, sur le tournage d'un film de second ordre qui s'appelait *Le Roi des resquilleurs*, je faisais un reportage qu'on m'avait demandé, pour une revue. C'était un film comique, et toutes les scènes étaient tournées en studio : j'aimais suivre ce travail de répétitions puis de tournage, il y avait tant de détails à capter. C'était l'heure de la pause. Je me souviens que nous avions très froid dans ces locaux. Nous étions en 1945, tout était encore mal chauffé. J'ai surpris alors ces girls qui venaient juste de tourner une scène et qui essayaient de se chauffer, malgré tout, contre les éclairages. Les ampoules étaient très fortes, c'était la seule source de chaleur, et en attendant la reprise du tournage, elles s'étaient postées devant ces boîtes à lumière. La scène était à la fois quo-

tidienne et mystérieuse, je n'ai pas pu m'empê-
cher de la saisir. Cette lumière paraît même un
peu inquiétante, dans quel temps sommes-nous
au juste ?

L'habillage des Beaucairoises, 1976

Ce jour-là, c'était un jour de juillet, à Beaucaire, vers le 21, où l'on fête traditionnellement
la Sainte-Madeleine. J'avais pendant toute l'année donné des cours aux Beaux-Arts d'Avignon,
nous vivions alors dans le Vaucluse, et parmi mes
élèves, il y avait deux sœurs jumelles qui étaient
très drôles. Nous bavardions souvent à la fin des
cours, surtout vers les derniers jours de juin où
tout prend déjà un petit air de farniente. Un matin, elles m'ont demandé si je partais en vacances,
si j'avais des projets précis. J'ai dit que nous allions sans doute rester dans la région, pour la visiter un peu. « Et vous ? — Eh bien nous, nous
ne savons pas encore très bien, mais ce que nous
savons... En fait, il faut que je vous dise, monsieur Ronis, nous sommes Beaucairoises et nous

venons d'être élues reines de la fête annuelle de Beaucaire. Si vous voulez, je vous propose de venir déjeuner chez nous, quand ce sera le jour de la fête. J'ai prévenu nos parents et ils sont entièrement d'accord. Vous viendrez déjeuner à la maison, et comme ça, dans l'après-midi, monsieur Ronis, vous assisterez à la fête, où nous nous rendrons, ma sœur et moi, habillées avec le costume qui est exactement le même que celui des Arlésiennes ! » Alors, évidemment, je n'ai pas hésité, j'ai accepté avec joie et émotion. Pendant leur habillage, mon appareil a refusé le service. « Mais, monsieur Ronis, nous, nous en avons un ! » Et j'ai fait cette photo avec leur appareil. Ensuite, en fin d'après-midi, après la cérémonie des Reines, nous sommes allés tous ensemble aux arènes de Beaucaire, pour voir les raseteurs, ces hommes d'une grande adresse et très courageux, qui arrachent d'un coup la cocarde des vachettes, au moment où elles sont lâchées dans l'arène. Les cocardes sont fixées entre les cornes des vachettes, c'est dangereux car elles sont un peu sauvages, bien qu'il y ait des boules au-dessus des cornes, mais, si vous recevez un coup de corne, elle aura beau être boulée, ça fera très mal… C'était un merveilleux spectacle, très coloré, très joyeux. Les hommes sautent par-dessus des barrières et tout devient très beau, le village est en fête, avec les fanfares, la foule dans les ruelles, les costumes traditionnels. Les jumelles sont entrées toutes les deux, à cheval, sur un grand cheval blanc : elles étaient les reines de la journée. Les reines de Beaucaire. Elles étaient jolies et très élégantes. J'ai tellement aimé le Sud.

Venise, la Giudecca, 1981

Ce jour-là, j'étais étonné de me retrouver pile face au miroir. Je poursuivais un stage que la municipalité de Venise m'avait demandé d'assurer au palais Fortuny. J'étais resté douze jours. Les stagiaires n'étaient pas des amateurs mais de jeunes professionnels avec lesquels nous pouvions vraiment travailler. Le matin, je proposais de leur faire une critique des photos qu'ils m'apportaient et l'après-midi nous allions tous ensemble sur le terrain. Marie-Anne, pendant ce temps, se promenait dans Venise avec sa boîte de gouache et peignait des petites scènes rapides dans la ville, des pochades.

Nous sortions donc chaque jour pour faire de nouvelles photos et aussitôt, le soir, en rentrant, nous les développions au laboratoire en tirant ra-

rapidement des épreuves de lecture pour que je puisse, dès le lendemain, leur faire mes observations.

J'avais suggéré cet après-midi-là d'aller dans l'île de la Giudecca, en face de Venise, où il y avait encore beaucoup d'artisans. Je les laissais travailler de leur côté et je faisais moi aussi des photos. Le thème du stage était « le reportage ». Bien sûr, j'étais tenté par le hasard des rencontres, comme celle-ci, devant l'atelier d'un tapissier.

Il était en train de travailler sur un canapé Louis XV et à sa gauche un homme, qui ressemble d'ailleurs étrangement à Bourvil, le regardait faire. Je n'ai jamais su si c'était un copain ou un compagnon de travail, peu importe, ce qui m'a surtout frappé, c'est qu'entre les deux hommes exactement un miroir était accroché au mur et j'avais mon reflet juste en face. Alors, je me suis dit, puisque je suis là, je ne bouge plus, je vais nous photographier tous les trois. Et j'ai fait mon autoportrait vénitien.

Écluses à Anvers, 1957

Ce jour-là, c'était une chance, tous les plans se sont accordés. Nous étions invités avec Marie-Anne dans une jolie maison aux environs d'Anvers, chez un ami qui nous avait proposé de faire une balade sur l'Escaut. Je me souviens qu'à un moment il avait fallu traverser une écluse, et le bateau s'était immobilisé. Or, l'écluse était assez large et nous étions arrêtés en bordure d'une péniche. Côte à côte. Soudain, le hasard a voulu que, dans la fenêtre de la péniche qui était juste devant la nôtre, il y ait cette petite fille qui était très intéressée par toutes ces têtes d'étrangers derrière la vitre. Elle avait soulevé le rideau, pour mieux nous voir, et c'était amusant car il était posé sur sa tête comme une capeline. Et là, sur ma photo, en un geste, sans avoir eu à bouger, j'avais trois plans : le plan inférieur de la petite fille, un deuxième plan de deux mariniers en train de manœuvrer, et sur le quai, en haut, d'autres personnes qui étaient des bateliers ou des éclusiers. Chacun était tranquillement dans son histoire, mais ensemble. Très souvent je fais des photos en hauteur, parce que cela permet de voir tant de choses au même moment. On peut alors séparer les plans, depuis le bas jusqu'au haut de l'image. Ils ne se cachent pas les uns les autres, ils se complètent. Je peux mieux les détacher. Moi qui suis un passionné de musique et qui voulais être compositeur, ça me rappelle exactement ce qu'on lit sur une partition, c'est-à-dire les différentes lignes mélodiques, superposées, avec les portées que l'on voit les unes au-dessus des autres : et, sur chaque portée, il y a toujours quelque chose de nouveau, d'inédit, qui se passe. C'est l'harmonie de l'ensemble qui compose le morceau. Et c'est ce qui donne tout son sens à l'image.

La forge, 1950

Ce jour-là, j'avais eu l'entière liberté de circuler dans l'usine, à ma guise, car la Régie Renault avait proposé à une dizaine de photographes français de bâtir un livre jubilaire sur les usines. J'avais proposé celle-ci qui me paraissait bien correspondre à l'atmosphère que j'avais ressentie, mais je crois que la direction a trouvé qu'elle ressemblait à du Zola et que ça ne mettait pas assez l'accent sur le côté moderne de l'usine. Ils ont préféré une autre de mes photos, platement la chaîne des 4 CV.

Le mineur silicosé, 1951

Ce jour-là, des amis m'avaient emmené voir, à l'occasion d'un reportage que je devais faire sur le pays minier, un homme qui était à la retraite et qui était silicosé. Il habitait Lens et n'en avait plus pour longtemps à vivre. C'est tout de même quelque chose qu'il faut montrer, m'avaient dit ces amis qui me pilotaient dans la région. Et ils m'ont conduit chez lui. L'homme était à sa fenêtre, au rez-de-chaussée. Il regardait dehors. Il ne mangeait quasiment plus. Il fumait. Il fumait beaucoup. Il fumait tout le temps. Il avait seulement quarante-sept ans. Il est mort quelques mois plus tard.

J'ai fait une autre photo de lui, à l'extérieur de sa maison, mais je l'ai retrouvée plus tard, utilisée dans une publication étrangère, sans mon accord, avec cette phrase qui devenait, du coup, un vrai commentaire : *L'évangélisation du monde ouvrier est-elle possible ?* Je me suis retrouvé devant un problème que j'ai d'ailleurs rencontré très vite quand je me suis mis à faire du reportage. Je donnais mes photographies à mon agence et je n'avais plus vraiment de contrôle sur leur utilisation. Il est arrivé que le hasard m'ait mis en face d'une utilisation de mes photographies que je n'avais pas du tout prévue, et avec laquelle je n'étais pas forcément d'accord. Ce sont des problèmes très importants qui se posent alors. Au bout d'un moment, j'ai quitté l'agence, et pendant quinze ans j'ai travaillé en photographe indépendant absolu. Cette photo, par exemple, était destinée à un reportage sur le pays minier, mais pas pour servir une cause. Une photo n'est pas un parpaing avec lequel on peut construire n'importe quoi. Je me sens entièrement responsable de l'utilisation de mes images.

Daphné, 1982

Ce jour-là, quelque chose m'a poussé à faire cette photo, je ne pouvais pas du tout résister, je ne savais pas pourquoi. Nous étions allés faire un pique-nique dans l'Épire du Nord, en montagne, près de la frontière albanaise. J'avais rencontré un photographe grec en 1980, qui est devenu par la suite un ami très cher. Il nous avait invités à passer un séjour chez lui, avec sa femme et ses deux enfants, aux environs d'Athènes, et nous nous sommes revus deux ans plus tard donc, à cet endroit. C'était au bord d'un ruisseau. La journée était parfaite. Nous bavardions tranquillement, leurs enfants étaient avec nous et le temps du déjeuner s'étirait agréablement. Au bout d'un certain temps, je me souviens avoir senti que les enfants commençaient à s'agiter mais qu'ils n'osaient rien dire, et la petite Daphné, qui en avait un peu assez de rester au même endroit, est allée s'appuyer à la voiture de son père. Dès que je vois ça, je sens quelque chose de confus en moi, je prends mon appareil. Une force intérieure me dictait de saisir ce moment. Je me lève, je vais vers la petite fille et tout à coup, en appuyant sur le déclencheur, je me souviens d'un autre moment, en 1954, très loin de là, en Alsace.

Petite fille contre les roues,
Vieux-Ferrette, 1954

Ce jour-là, en me promenant dans la campagne d'Alsace, j'avais aperçu cette fillette très timide qui restait blottie contre la roue de la charrette de ses parents paysans. J'ai aimé aussitôt son réflexe de pudeur, de timidité. En voyant presque trente ans plus tard Daphné appuyée à la voiture de son père pour montrer son impatience, j'ai immédiatement repensé à cette petite fille. On travaille souvent par associations. J'ai la mémoire de toutes mes photos, elles forment le tissu de ma vie et parfois, bien sûr, elles se font des signes par-delà les années. Elles se répondent, elles conversent, elles tissent des secrets. Mais je fais partie de ces photographes qui ont beaucoup travaillé sur le hasard, le nez en l'air. Comme beaucoup d'autres.

Le vigneron girondin, 1945

Ce jour-là, c'était la première fois que je rencontrais les parents de Marie-Anne. Ils vivaient dans un bourg, en Gironde. Nous étions dans l'été 1945, j'avais trente-cinq ans.

Mon beau-père, qui était très jovial et bon vivant, m'avait proposé d'aller voir un vigneron de la région, qui lui fournissait son vin de table. Tu verras, il travaille très bien et son vin est excellent. Il était près de midi quand nous sommes arrivés. Le déjeuner était déjà servi, mais Landrault nous a accueillis avec beaucoup de gentillesse, allez, trinquons ensemble !

Marseille, le Vallon des Auffes, 1981

Ce jour-là, je venais de terminer un des cours que je donnais à la faculté des sciences de Marseille tous les quinze jours, quand nous habitions l'Isle-sur-la-Sorgue. C'était un cours sur l'histoire et la technique de la photo. Marie-Anne aimait m'accompagner car je donnais mes cours deux jours de suite, et elle en profitait pour aller dans les bistrots faire de petits croquis à la gouache rapide. Vers seize heures trente, j'étais libre et nous nous retrouvions : si nous allions au Vallon des Auffes aujourd'hui ? En arrivant, j'ai vu cette scène. Ces deux gamins au bord de l'eau, qui pêchaient, dans ce petit bras de mer qui forme le port. Ils font de grands gestes, ils se démènent, et au-dessus d'eux sur la Corniche, en écho, il y avait ce monument. À la mémoire des poilus d'Orient. Avec les cabanons et les maisons de pêcheurs, la composition avait quelque chose de surréaliste.

La partie de tarot, 1991

Ce jour-là, dans ce bistrot de Joinville-le-Pont, il y avait eu tout à coup une lumière extraordinaire. Marie-Anne était atteinte de la maladie d'Alzheimer et, en fin de vie, comme elle était artiste peintre, elle avait pu être placée en résidence à la Maison des artistes de Nogent-sur-Marne. Jusqu'à la fin de sa vie, elle était restée très bonne marcheuse et nous nous promenions tous les week-ends, ensemble, le long de la Marne. Nous avions nos trajets précis et je crois que c'était le seul plaisir qui lui restait, nous ne rations aucun samedi, aucun dimanche. Au retour, rituellement, nous prenions quelque chose dans ce bistrot, avant que je ne la reconduise à sa maison de retraite. Tout à coup donc, dans ce bistrot, l'irruption d'une nouvelle lumière. J'étais ébloui. Je

connaissais ces joueurs de cartes, je les retrouvais chaque semaine, je les regardais jouer. L'homme du milieu, c'est le patron. La patronne, elle, tenait le bar pendant que lui jouait aux cartes avec les copains. La lumière est venue soudain les illuminer, comme dans un tableau de La Tour ou du Caravage, une lumière assez rare, une espèce de soleil qui était comme un projecteur braqué sur eux. Il fallait que je fasse cette photo, très vite. J'ai simplement attendu quelques secondes que le personnage central lève sa carte et là, j'ai fait mon instantané. J'aime ce moment suspendu. Il va jeter sa carte et poussera alors un cri de vainqueur.

Pendant deux ans et demi, nous avions continué nos promenades. Elles étaient très importantes pour nous deux. Nous parlions peu, mais nous étions ensemble. Trois ans ont été la durée de survie de Marie-Anne. Elle a marché très bien jusqu'à la fin. J'avais donc trouvé pour elle un petit appartement de deux pièces dans cette Maison des artistes, et j'avais mon lit, dans la première pièce, ce qui fait que je venais le samedi, dans l'après-midi, après le déjeuner. Et je repartais le dimanche soir, après l'avoir aidée à se coucher. Nous allions nous promener deux jours de suite au bord de la Marne. Et là, j'ai fait beaucoup de photos.

La vieille dame dans un parc,
Nogent-sur-Marne, 1988

Ce jour-là, justement, j'étais dans son petit appartement qui donnait sur le parc de la maison de retraite. La vue était très belle. Marie-Anne donnait des signes de fatigue et, en regardant par la fenêtre, je m'étais dit que j'aurais aimé la photographier dans ce parc, assise sur le petit banc de pierre qu'on voyait de la chambre. Cette réflexion, je me l'étais faite pendant l'été, et je me disais, non, ayons de la patience, ce sera beaucoup mieux en novembre. Je préférais prendre cette photo en automne, je voulais voir les feuilles mortes par terre, je savais que ma photographie serait plus symbolique. Elle dirait le retour à la terre, imminent. Alors, j'ai attendu. Et j'ai eu raison. Marie-Anne a d'ailleurs vécu encore trois ans, et nous la voyons, toute petite, sur le banc de pierre, au milieu des feuilles mortes. Cette photo, naturellement, m'est très chère, je ne peux pas en dire davantage. Marie-Anne fait partie de la nature, du feuillage, comme un petit insecte, dans l'herbe. Nous avons vécu ensemble quarante-six ans.

Les Adieux du permissionnaire, 1963

Ce jour-là, j'étais chez moi, dans ce pavillon que nous habitions, dans le quinzième arrondissement. Dans un passage entre la rue Lecourbe et le boulevard Garibaldi. J'étais au rez-de-chaussée, à l'intérieur. C'est de là que j'ai fait cette photo. Mon atelier était au premier. C'était un passage très calme, et de temps en temps, les gens s'arrêtaient pour bavarder.

Je ne sais pas pourquoi exactement, ce jeune couple m'a frappé, peut-être parce que j'ai senti que c'était un moment suspendu que vivaient ces deux êtres. Je me suis mis à les regarder, ils ne pouvaient pas me voir puisque j'étais dans l'obscurité. Eux, en revanche, étaient bien éclairés dans le passage. Je me suis dit tiens, ils ne disent rien, ils se tiennent comme ça, il y a sans doute quelque chose qui se passe. J'ai pensé que c'était la fin d'une permission, que le garçon allait quitter sa copine, ils étaient un peu tristes mais en même temps ils savaient qu'ils s'aimaient, ils se le montraient avec pudeur, en se regardant. Alors je l'ai appelée comme ça : *Les Adieux du permissionnaire*. Le garçon a déjà son béret de matelot, il allait probablement retourner à La Rochelle, c'est ce que je me suis dit, ou dans une autre ville. L'époque est inscrite aussi dans la coiffure de la jeune fille. Leur rencontre devient très discrète grâce aux plis de mon rideau, qui les cache légèrement. Mais enfin, on imagine… C'est toujours le même mécanisme, quelque chose me frappe et je me dis que ça mérite une image. Qui méritera peut-être de rester.

L'ombre de la colonne de la Bastille, 1957

Ce jour-là, j'étais monté tout en haut de la colonne pour faire de nouvelles photos, ce n'était pas la première fois que j'y allais. Je me souviens qu'un gardien vendait des tickets, en bas. Depuis une trentaine d'années, on ne peut plus y monter. C'est dans cette même séance que j'ai photographié *Les Amoureux de la Bastille*. En regardant attentivement, j'ai remarqué que l'ombre de la colonne se reflétait sur la maison qui faisait l'angle de la place et du boulevard Richard-Lenoir. Cette ombre, j'ai voulu la saisir immédiatement, elle était fugitive mais splendide, et en même temps, je voulais garder le mouvement de la circulation, sur la place, à cette heure du jour. Toutes ces automobiles, vues d'en haut, me paraissaient faire figure de jouets et de sortir d'une collection de Dinky Toys. À la fin de la séance, juste avant de redescendre, j'ai fait ma dernière photo et c'était *Les Amoureux de la Bastille.* Ils ne se sont d'ailleurs pas du tout aperçus que je les photographiais. Une seule prise.

Rue Muller, 1934

Ce jour-là, j'avais décidé de faire des photographies de nuit. Il avait plu et c'était une belle occasion pour moi de chercher à capter une nouvelle atmosphère de Montmartre. Les pavés luisaient, quelque chose de vaporeux flottait dans la nuit, j'étais prêt. C'est une photographie très ancienne, j'étais encore un amateur. Nous étions en 1934, près d'un des escaliers de Montmartre, rue Muller, avec le square Saint-Pierre qui se trouve là.

J'ignorais totalement qu'au même moment il y avait dans la ville un photographe qui faisait déjà des photos de nuit et qui s'appelait Brassaï... Je ne l'ai connu que vingt-cinq ans plus tard. Il a fait un magnifique *Paris de nuit*. Dans ces années-là, les films n'avaient évidemment pas la sensibilité qu'ils ont eue par la suite, on faisait les photos avec l'appareil vissé sur un trépied. Pour cette photo, je crois que c'est une des rares situations où je m'étais servi d'un trépied. J'aime aussi la présence de ce taxi dans la nuit, solitaire. À l'époque, il y avait beaucoup de taxis Citroën, comme celui-ci.

Rue Rambuteau, 1990

Ce jour-là, j'étais dans le bus 29, sur cette ligne qui va de la gare Saint-Lazare à la porte de Montempoivre. J'avais repéré que ces bus avaient encore une plateforme arrière à l'air libre. J'aimais bien prendre le bus dans les dix ou quinze dernières années, et je savais que depuis cette plateforme, je risquais de capter des situations particulières. Le bus venait de la rue Beaubourg et tournait dans la rue Rambuteau. Il tournait très lentement, à cause de la circulation, et dans le virage j'ai remarqué ce bistrot de quartier, à l'ancienne, qui contrastait avec l'hypertechnicité du centre Pompidou. J'ai aimé cette juxtaposition immédiate de deux époques, ce choc entre deux âges. Voilà presque un photomontage, je me suis dit. On est à la fois dans le classicisme avec les

gestes du serveur et la familiarité parisienne de la rue et derrière, cette espèce d'usine, avec ces deux bouches étranges qui crachent quelque chose qui pourrait être inquiétant, maléfique. On croirait aussi des manches à air d'un paquebot, plutôt monstrueux. Ce sont souvent des moments de déséquilibre que je capte, mais j'essaie de repérer à l'intérieur un nouvel équilibre, même fugace, Cette fugacité, quand on peut la saisir, est une grande récompense.

Rue de la Huchette, 1957

Ce jour-là, je passais presque inaperçu au milieu de cette petite faune de la rue de la Huchette, qui me fascinait. J'avais connu déjà l'ambiance de Saint-Germain, mais pas encore celle de ce quartier. Je venais souvent m'y promener, j'étais intrigué. J'avais quarante-sept ans. Il n'y avait que des jeunes dans cette petite rue et ils ne me voyaient pas, je pouvais photographier avec beaucoup de liberté. Pour eux, je n'existais pas. C'étaient des lycéens et des étudiants, qui fréquentaient le Caveau de la Huchette et d'autres petits bistrots où l'on écoutait du jazz New Orleans, je me souviens de Maxime Saury, un jazzman très apprécié. Tous ces jeunes entraient, sortaient, discutaient entre eux, c'était assez joyeux et je sentais tout de même quelque

chose qui montait en eux, une espèce de rébellion qui était déjà là, dix ans avant 1968. J'étais revenu plusieurs jours de suite dans le quartier et un garçon s'est mis alors à me parler, à me poser des questions techniques sur ma façon de photographier. Je lui ai dit que je travaillais librement et il s'est confié à moi. Il m'a expliqué qu'ils étaient tous plus ou moins en rupture avec leur famille, qu'ils ne rentraient pas toujours chez eux et qu'ils ne voulaient plus subir le carcan familial, ils voulaient être libres, oui, ils étaient une espèce de nouvelle bohème. Un autre garçon est arrivé, avec sa guitare, et il s'est mis à jouer un air de jazz. Tous les copains se sont alors mis à danser. J'avais Notre-Dame dans mon cadre, qui était la signature du quartier. Je suis resté avec eux pendant un mois à peu près, mais je savais qu'aucun journal ne prendrait ces photos, car ils étaient mineurs pour la plupart. Je me faisais plaisir, c'était pour moi.

Rue de la Huchette, 1957

… Par moments, m'a dit le garçon, ils n'ont rien à se dire, mais ils sont contents d'être ensemble, ils restent ensemble.

Marie-Anne et Vincent jouant aux boules de neige, 1954

Ce jour-là, j'ai arrêté la voiture près d'une clairière et j'ai demandé à Marie-Anne et à Vincent d'aller jouer dans la neige. Il avait neigé tout le week-end et nous étions allés nous promener à la campagne, dans les environs de Paris. C'était un jour heureux. J'ai fait toute une série de photos qui avaient pour thème : Marie-Anne et Vincent jouant aux boules de neige. Celle-ci est une de mes préférées. Le décor est un peu baroque et fait penser à certains dessins japonais ou chinois. Il y a un certain dépouillement, grâce au fond blanc de la neige. Une petite scène-surprise, comme ça, au cœur de l'après-midi.

Le petit Parisien, 1952

Ce jour-là, pour cette photo qui a été tant de fois reproduite dans la presse et qui, pour finir, pourrait venir signer mon autoportrait en petit Parisien, j'avais fait une petite entrave à ma pratique habituelle. Je veux dire que j'ai fait un minimum de mise en scène. Je devais illustrer un reportage qui s'appelait *Revoir Paris* et racontait l'histoire d'un Parisien qui était allé vivre quinze ans à New York et revenait à Paris, en remarquant avec amusement tous les signes distinctifs de ce qu'on voit à Paris.

Parmi toutes ces choses distinctives, il y avait bien entendu le grand pain parisien. Il fallait donc que je trouve une façon particulière de le photographier, de le mettre en situation, ça n'aurait pas eu de sens de choisir simplement le cadre d'une boulangerie. Il était midi, je suis allé dans mon quartier rôder du côté d'une boulangerie. Dans la queue, j'ai vu ce petit garçon, avec sa grand-mère, qui attendait son tour. Il était charmant, avec un petit air déluré. J'ai demandé à sa grand-mère : « S'il vous plaît, Madame, est-ce que vous m'autoriseriez à photographier ce petit garçon quand il sortira avec son pain ? J'aimerais bien le voir courir avec son pain sous le bras. — Mais oui, bien sûr, si ça vous amuse, pourquoi pas ? »

Je me suis posté un peu plus loin, j'ai attendu. Il a acheté son pain et il a couru, de façon si gracieuse et si vivante. Je l'ai fait courir trois fois, sur quelques mètres, pour avoir la meilleure photo. Et cette photo a eu un succès formidable, on en a fait un poster, des cartes postales, j'ai su qu'on la voyait même à l'étranger, dans les bistrots, ou dans les boulangeries, à New York, et dans un certain nombre de capitales européennes.

Ce garçon-là, je l'ai retrouvé grâce à sa belle-mère qui, un jour, s'est manifestée et m'a téléphoné, un matin : « Vous savez, monsieur Ronis, ça fait longtemps que je connais cette photographie, et naturellement mon gendre la connaît aussi, mais si je vous téléphone aujourd'hui, c'est

que je l'ai vue en couverture d'un livre que vous venez de faire paraître. » Grâce à cette femme, j'ai pu aussi retrouver le nom de la rue où j'avais fait cette photo : la rue Péclet. Je suis retourné pour voir si j'allais retrouver la porte, si j'allais me souvenir. La maison n'avait pas été ravalée, c'était exactement le même décor, et j'ai eu la preuve que c'était bien là parce que sur le cliché complet il y avait en bas de ce mur un regard pour le gaz, comme une petite boîte en fonte, qui était resté à la même place. Le regard n'avait pas bougé pendant toutes ces années !

Mais le petit garçon, lui, ne s'est jamais manifesté.

LISTE DES ILLUSTRATIONS

DU MÊME AUTEUR

Au Mercure de France

CE JOUR-LÀ, coll. « Traits et portraits », 2006 (Folio n° 4801)

Aux Éditions Hoëbeke

TOUTES BELLES, texte de Régine Deforges, 1992

À NOUS LA VIE ! texte de Didier Daeninkx, 1996

PROVENCE, préface d'Edmonde Charles-Roux, 1998

BELLEVILLE-MÉNILMONTANT, texte de Didier Daeninkx, 1999

DERRIÈRE L'OBJECTIF, 2001

PARIS ÉTERNELLEMENT, 2005

Chez d'autres éditeurs (sélection)

SUR LE FIL DU HASARD, Éditions Contre-jour, 1980

MON PARIS, préface d'Henri Raczymow, Éditions Denoël, 1985

WILLY RONIS, Photopoche, 1997

WILLY RONIS, Taschen, 2005

LA MONTAGNE DE WILLY RONIS, Éditions Terre Bleue, 2006

PARIS-COULEURS, Éditions Le Temps qu'il fait, 2006

FIXER DES VERTIGES, texte de Michel Onfray, Éditions Galilée, 2007

LES CHATS DE WILLY RONIS, Éditions Flammarion, 2007

NUES, texte de Philippe Sollers, Éditions Terre Bleue, 2008

COLLECTION FOLIO